La chasse au trésor

Tu peux retrouver
Spirulina dans :

L'épave hantée

Gare aux pirates!

Pris au piège!

Cap-aux-Sirènes

La chasse au trésor

Kelly McKain

illustrations de Cecilia Johansson

Texte français de Laurence Baulande

Éditions SCHOLASTIC

Pour Katie, avec de gros câlins

Catalogage avant publication de Bibliothèque et Archives Canada

McKain, Kelly
La chasse au trésor / Kelly McKain; illustrations de Cecilia Johansson;
texte français de Laurence Baulande.

(Cap-aux-sirènes)
Traduction de : Treasure hunt.
Pour les 6-8 ans.

ISBN 978-0-439-93542-5

I. Johansson, Cecilia II. Baulande, Laurence III. Titre.
IV. Collection : McKain, Kelly Cap-aux-sirènes.

PZ23.M3365Ch 2007 j823'.92 C2007-900066-5

Édition publiée par les Éditions Scholastic,
604, rue King Ouest, Toronto (Ontario) M5V 1E1.

5 4 3 2 1 Imprimé à Singapour 07 08 09 10 11

Chapitre Un

C'est un jour ordinaire à Cap-aux-Sirènes. Sur leur rocher, Coquillane et Coralie chantent en se coiffant.

— Chante avec nous, Spirulina! s'écrient-elles.

— C'est trop ennuyeux, bougonne Spirulina. Si seulement je pouvais vivre une aventure...

Tout à coup, *SPLASH!* Un char tiré par deux hippocampes géants émerge de l'eau et fonce vers le rocher.

— C'est papa! crie Spirulina.

Le char de Neptune dérape, puis s'immobilise, éclaboussant les trois petites sirènes.

Spirulina se met à rire – elle adore les douches d'eau de mer –, mais elle s'arrête net quand elle voit le visage sombre de son père.

— Oh! mes chéries, j'apporte de terribles nouvelles, dit Neptune d'une voix retentissante. J'ai perdu un pari contre Ariel, et je dois lui donner tout mon trésor.

Les trois sœurs sont horrifiées.

— Plus de trésor? gémit Coralie.

Neptune baisse sa tête majestueuse.

— Mais il y a pire encore. Quelqu'un a volé le trésor! Et Ariel dit que, si je ne le retrouve pas avant le coucher du soleil, il prendra le palais flottant à la place.

— Plus de palais? gémit Coquillane.

Les sœurs de Spirulina se mettent à crier et à sangloter.

— Quelles terribles nouvelles! s'exclame Spirulina. Mais ne t'inquiète pas. Je retrouverai le trésor avant le coucher du soleil. Tu n'auras pas besoin de donner ton palais à Ariel.

Neptune la serre tendrement dans ses bras.

— Ma petite fille, si courageuse! dit-il. Je sais que tu voudrais m'aider, mais que pourrais-tu faire? Tu n'es qu'une fragile sirène. Je dois m'en aller et me préparer à quitter mon palais bien-aimé.

Là-dessus, il bondit sur son char et s'éloigne sur les flots.

— Il a raison, dit Coquillane en pleurant. Tu ne peux rien faire pour l'aider.

— C'est ce qu'on va voir! grommelle Spirulina, qui n'aime pas être traitée de fragile ni de petite. Le trésor doit bien être quelque part...

Elle se dresse sur sa queue et regarde autour d'elle, mais tout ce qu'elle voit, du rocher où elle se tient, est une canne à pêche brisée sur la plage.

Levant les yeux vers le ciel, elle aperçoit, très haut, le château volant d'Ariel, posé sur un nuage.

— Je suis sûre qu'on doit voir à des kilomètres à la ronde là-haut, dit Spirulina. Je pourrais sûrement repérer le trésor de papa.

— Mais comment comptes-tu grimper jusque-là? demande Coralie. Les sirènes ne volent pas!

— Je crois que j'ai une idée, répond Spirulina en faisant un clin d'œil à sa sœur.

Elle nage jusqu'au rivage et ramasse la canne à pêche brisée. Puis elle va chercher sa ceinture à outils et se met au travail. La canne à pêche est vite réparée.

Spirulina retourne à Cap-aux-Sirènes et montre la canne à ses sœurs.

— Je vais lancer la ligne et accrocher l'hameçon au château volant, explique-t-elle, puis je me hisserai jusqu'en haut.

— Ne dis pas de bêtises, ricane Coquillane.

— Tu n'y arriveras jamais! ajoute Coralie.

Chapitre Deux

Debout au sommet d'un haut rocher, Spirulina lance la ligne en direction du château volant. Mais, malgré tous ses efforts, elle ne parvient pas à projeter l'hameçon assez haut. Pire encore, le château dérive et sera bientôt hors de portée.

— Ça ne marchera pas! crie Coquillane.

— Tu ferais mieux d'abandonner! insiste Coralie.

Mais Spirulina essaie encore et encore, jusqu'au moment où… elle est soudain tirée dans les airs! Elle lève les yeux vers le ciel et pousse un cri de surprise.

Elle n'est pas du tout accrochée au château volant, mais à un albatros géant!

— S'il te plaît, emmène-moi au château volant! crie Spirulina.

— Je ne t'emmène nulle part, répond l'albatros en colère. Je vais plutôt me débarrasser de toi le plus vite possible. Est-ce que j'ai l'air d'un taxi?

Spirulina, qui continue à se balancer au bout de la canne, sent sa gorge se serrer. Ils sont déjà très haut dans le ciel, et elle est terrifiée.

— Je t'en prie, aide-moi! supplie-t-elle. J'ai une mission importante à accomplir. Quelqu'un a volé le trésor de mon père et je dois le retrouver avant le coucher du soleil!

— C'est une mission importante, admet l'albatros. Bon, monte à bord, je vais te conduire au château volant. Et tu peux m'appeler Albi.

— Et moi, je m'appelle Spirulina, dit la petite sirène tout essoufflée, en grimpant sur le dos d'Albi.

Elle accroche la canne à pêche à sa ceinture à outils.

Quelques instants plus tard, ils arrivent au château volant. Albi prévient sa passagère :

— Tiens-toi bien! L'atterrissage risque d'être un peu difficile.

Bam! Boum! Spirulina et Albi atterrissent au sommet d'une des tourelles.

En entendant tout ce chahut, Ariel sort de son château à tire d'aile pour voir ce qui se passe.

— Qu'est-ce que vous faites ici, vous deux? demande-t-il.

— Nous cherchons le trésor volé, explique Spirulina. Est-ce que cela vous dérange?

— Me déranger? répond Ariel en riant. Bien sûr que non! Bonne chance!

Et là-dessus, il retourne dans son château.

Spirulina et Albi se regardent en souriant, puis commencent à chercher le trésor volé.

Chapitre Trois

Spirulina et Albi se hâtent d'une tour à l'autre et regardent dans toutes les directions. Ils scrutent la côte, puis la mer qui s'étend à perte de vue, mais ne voient aucune trace du trésor.

— J'espérais vraiment que nous le verrions d'ici! s'exclame Spirulina.

— Ne t'inquiète pas, dit Albi. Survolons les environs pour voir de plus près.

La suggestion d'Albi redonne confiance à Spirulina.

Ils descendent en piqué vers la terre ferme.

Ils fouillent le phare et les bateaux de pêche retournés, mais le trésor n'est pas là.

Ils cherchent toute la journée, regardant dans les grottes les plus obscures...

... et creusant dans le sable, au cas où le trésor y aurait été enterré.

Mais ils ne trouvent le trésor nulle part.

Au moment où le soleil commence à se coucher, Spirulina et Albi atterrissent de nouveau sur une tourelle du château volant. Ils jettent un dernier regard tout autour, mais sans résultat. Ils sont tous les deux épuisés, sales et découragés.

Tout à coup, Ariel se pose près d'eux.

— Alors, l'avez-vous trouvé ce trésor? demande-t-il.

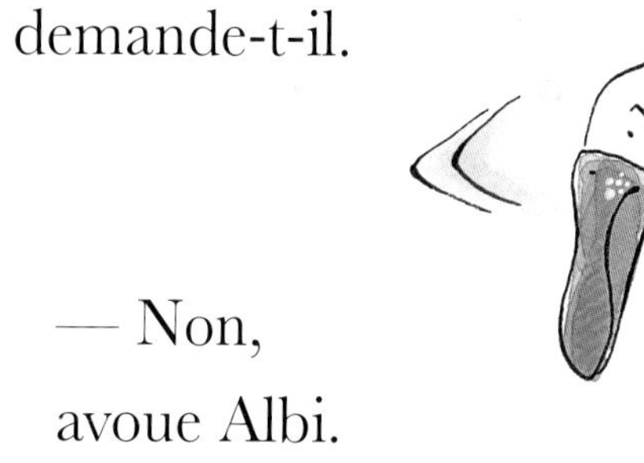

— Non, avoue Albi.

— Oh, quel dommage! s'exclame Ariel.

Mais, au lieu d'être triste, il a l'air ravi.

— Je vais devoir me contenter du palais flottant à la place.

— S'il vous plaît, Ariel, ne prenez pas la maison de mon père, supplie Spirulina, qui se met à pleurer.

Mais Ariel se contente de ricaner.

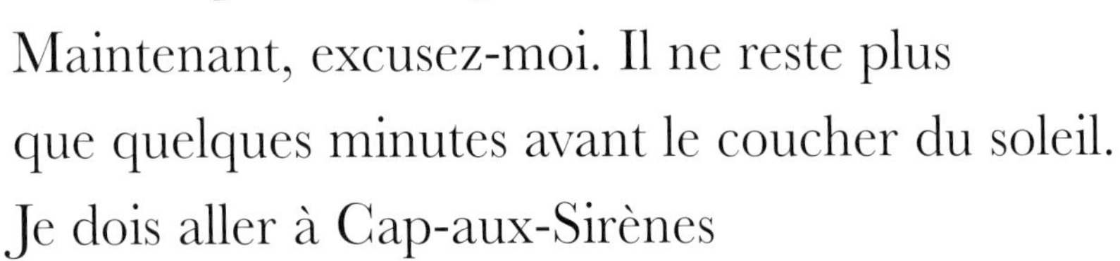

— Un pari est un pari. Maintenant, excusez-moi. Il ne reste plus que quelques minutes avant le coucher du soleil. Je dois aller à Cap-aux-Sirènes pour réclamer mon nouveau palais.

— Quel affreux petit bonhomme! s'écrie Albi, après le départ d'Ariel. On dirait bien qu'il va l'avoir, ce palais. Nous avons cherché partout! Il ne nous reste plus qu'à abandonner…

— Ne dis pas ça! s'écrie Spirulina en essuyant ses larmes. Nous devons continuer à chercher.

À mesure que le soleil descend à l'horizon, ses rayons illuminent le château volant.

Tout à coup, Spirulina aperçoit quelque chose qui scintille derrière une fenêtre garnie de barreaux.

— Regarde! dit-elle, le souffle coupé. Il y a quelque chose là-bas.

Albi scrute la fenêtre.

— Ce n'est probablement rien, dit-il tristement. Mais monte à bord, et allons voir ça de plus près.

Sans trop y croire, Spirulina et Albi volent jusqu'à la tourelle, atterrissent sur le rebord de la fenêtre et jettent un coup d'œil à l'intérieur.

Chapitre Quatre

— Le trésor de mon père! s'exclame Spirulina.

— Chut! siffle Albi.

Un garde à l'air méchant est assis devant le tas de bijoux. Spirulina et Albi se baissent, juste au moment où l'homme se retourne.

— C’est Ariel qui a volé le trésor! chuchote Spirulina, furieuse. Quel faux jeton!

— Mais pourquoi a-t-il fait ça? demande Albi tout bas. Il l’avait gagné de toute façon.

Spirulina réfléchit un moment.

— Je sais pourquoi! De cette façon, il obtient le palais flottant en plus du trésor, et devient ainsi le maître du ciel et de la mer. Il bannira papa pour toujours. Oh! Albi, nous devons l’en empêcher!

— Tu as raison! déclare l'albatros. Nous devons reprendre le trésor, et vite! Le soleil est presque couché! Mais nous ne pouvons pas passer à travers ces barreaux.

Albi semble abattu, mais Spirulina lui sourit.

— C'est vrai, mais la canne à pêche, elle, le peut, dit la petite sirène en la détachant de sa ceinture à outils.

— Bonne idée! s'exclame Albi. Nous allons pêcher le trésor! Mais comment allons-nous nous débarrasser du garde?

— Je m'en occupe, répond Spirulina. Pour une fois, mes fameux talents de sirène vont servir à quelque chose!

Spirulina s'approche de la fenêtre et commence à chanter doucement.

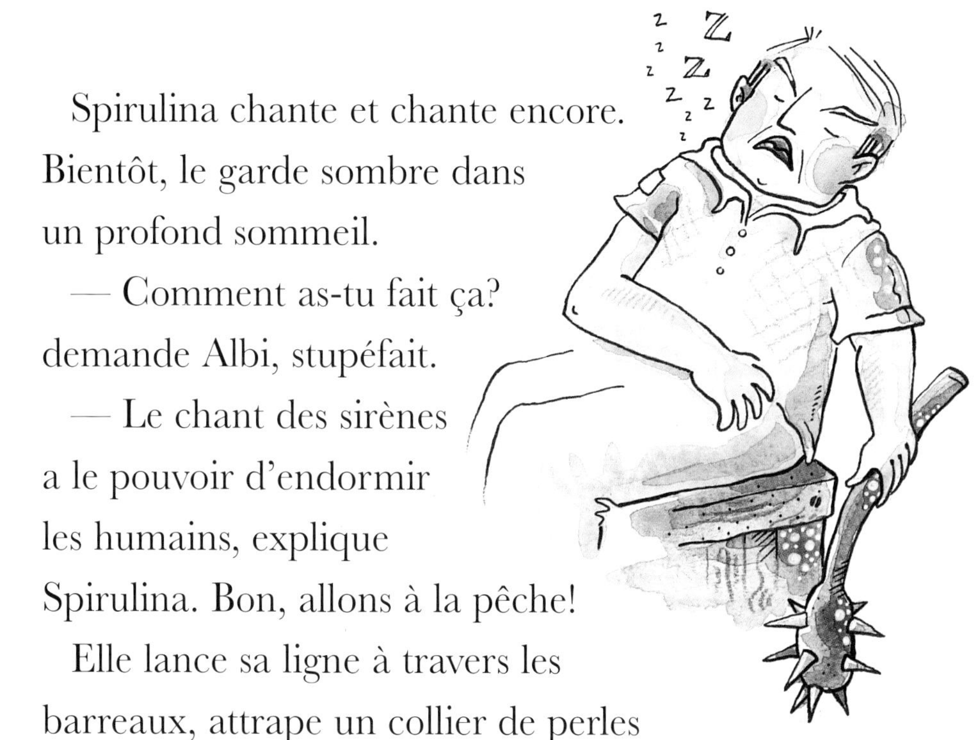

Spirulina chante et chante encore. Bientôt, le garde sombre dans un profond sommeil.

— Comment as-tu fait ça? demande Albi, stupéfait.

— Le chant des sirènes a le pouvoir d'endormir les humains, explique Spirulina. Bon, allons à la pêche!

Elle lance sa ligne à travers les barreaux, attrape un collier de perles et le ramène vers elle.

CLING!

Le collier a heurté un barreau. Spirulina s'immobilise. Le garde va-t-il se réveiller? Non. Il grogne un peu, puis retourne à ses rêves.

Spirulina sort les bijou un par un par la fenêtre et les empile sur le dos d'Albi.

— Le… soleil… a… presque… disparu, halète l'albatros, qui essaie de garder son équilibre sous le poids du trésor. D… D… Dépêche-toi!

— C'est le dernier, chuchote la petite sirène en lançant de nouveau sa ligne dans la pièce sombre.

Spirulina tire de toutes ses forces sur la canne.

— Ce diadème en diamants est très lourd, dit-elle, pantelante.

— Ce… n'est… pas… le... diadème, souffle Albi.

Rapide comme l'éclair, Spirulina saisit le diadème, tire la langue au garde et bondit sur le dos d'Albi.

— Allons-y! crie-t-elle.

Au moment où le garde se précipite vers eux, Albi décolle. Il bat des ailes aussi vite qu'il peut, mais, au lieu de partir en trombe, les deux amis font du surplace. Le trésor est beaucoup trop lourd. Tout à coup, ils se mettent à tomber en vrille.

— Aaah! hurlent-ils en chœur.

Chapitre Cinq

Pendant que Spirulina fait son possible pour sauver le trésor, Ariel arrive à Cap-aux-Sirènes pour réclamer ce qu'il a gagné.

— Spirulina n'a pas trouvé le trésor, dit-il à Neptune, même si j'ai eu la gentillesse de la laisser regarder du haut du château volant. Tu dois donc me donner le palais flottant à la place.

À regret, Neptune détache un trousseau de clés de sa grosse ceinture. Coralie pleure et Coquillane gémit tandis que le soleil disparaît derrière l'horizon.

Mais juste au moment où Neptune tend les clés du palais à Ariel, il se met à pleuvoir... des bijoux!

— Hourra! c'est le trésor! crie Coralie en voyant les diadèmes, les colliers de perles et les bagues de saphirs qui tombent du ciel.

— Papa, le palais est sauvé! s'exclame Coquillane.

Mais Neptune regarde le ciel, horrifié.

— Ma petite fille! dit-il d'une voix rauque.

Spirulina et Albi tombent à toute vitesse en direction du rocher. Albi bat frénétiquement des ailes, mais en vain.

— Je vais sauter dans la mer! crie Spirulina. Comme ça, tu pourras voler et atterrir sans te faire de mal.

— Non! s'exclame l'albatros. C'est trop dangereux!

— Ne t'inquiète pas, tout ira bien, dit Spirulina, bien qu'elle soit morte de peur.

Les doigts croisés en signe de chance, elle plonge dans l'eau.

PLOUF!

La petite sirène remonte à la surface au moment où Albi se pose sur l'eau, tout près.

Soulagé, Neptune affiche un sourire radieux.

Coquillane et Coralie, elles, applaudissent avec enthousiasme.

— Oh! ma petite fille, tu es saine et sauve! s'exclame Neptune.

Il se penche vers Spirulina et la prend dans ses bras puissants.

— Et tu as trouvé le trésor! s'écrie Coralie. Juste à temps!

— Albi m'a beaucoup aidé, déclare Spirulina.

— Bien joué, tous les deux, dit Neptune de sa grosse voix. Mais qui l'avait volé?

— Lui! crie Spirulina en montrant Ariel du doigt. C'était une ruse pour avoir le palais flottant!

— QUOI? rugit Neptune.

Ariel recule devant le roi furieux.

— Euh, je… je dois y aller, bégaie-t-il, puis il s'envole à toute allure.

— Je m'occuperai de lui plus tard, promet Neptune. Ce soir, nous allons organiser une grande fête en l'honneur de Spirulina et de son nouvel ami, Albi.

Coquillane et Coralie poussent des cris de joie, puis s'empressent d'aller inviter toutes les créatures marines.

La fête a lieu au palais flottant. Il y a de la musique, des danses, des feux d'artifice et un énorme gâteau.

— Je veux porter un toast! annonce Neptune d'une voix tonitruante, en levant son verre de punch aux fruits. À Albi et à ma courageuse fille, Spirulina!

— À Albi et à Spirulina! s'écrient les invités en chœur.

Albi pousse des cris de joie, mais Spirulina se contente de sourire et de siroter son jus de fruits. Elle rêve déjà à ses prochaines aventures.